le petit Lapin Bleu

et l'aventure de papa lapin

Illustrations de C. Busquets et de M.A. Batlle
Texte de J. Thomas-Bilstein

Éditions Hemma

Toc! Toc! Toc!
Papa lapin ouvre la porte.
— Bonjour! dit Colvert, le facteur.
Voilà du courrier pour vous!

— C'est une lettre de Mamy! explique le papa de Fleuron. Pétunia, ma sœur, est revenue d'Amérique. Je vais aller lui rendre visite immédiatement.

— Et nous? demande le petit lapin bleu.

— Une autre fois, fiston : la barque n'est plus très neuve. De plus, je serai de retour avant la nuit.

— A ce soir, mon chéri! fait Maman lapin.

— Au revoir, Papa! Sois prudent!

La vieille barque est mise à l'eau avec l'aide de Canaillou et Riton. Papa s'installe et se met à ramer.

— Au revoir! lance-t-il d'une voix joyeuse.

Noisette arrive juste à temps pour saluer monsieur lapin et lui souhaiter un bon voyage.

La nuit tombe, et un orage éclate. Les rafales
de vent secouent les grands arbres, les éclairs
illuminent le ciel et le tonnerre gronde presque sans arrêt.
— Ferme bien les volets! conseille Maman.
— Papa n'est pas encore rentré?
— Avec ce temps, il passera sûrement la nuit chez Mamy.
Ne t'inquiète pas et tâche de dormir.

Le lendemain, Papa lapin n'est toujours pas rentré.

— Je vais à sa recherche! déclare Fleuron.

— Nous t'accompagnons! décident Noisette, Canaillou et Riton. Peut-être auras-tu besoin d'aide.

Quelques centaines de mètres plus loin...
– L'eau a emporté le pont! s'exclame Noisette.
– Mon père est resté accroché à ces rochers!
Combien de temps pourra-t-il encore résister?
– Il faut l'aider! ajoute Riton.
– Je crois que j'ai une idée! intervient Canaillou,
le blaireau. Voilà ce que nous allons faire...

Le lapin bleu et Canaillou grimpent sur une
grosse branche et la font plier jusqu'à ce
que monsieur lapin puisse la saisir.
— Lâche donc ce sachet! lui crie Fleuron.
— Reculez, maintenant! conseillent Fifi et
Cuicui. Doucement... Doucement... Vous
y êtes presque... Très bien!

Tout est bien qui finit bien...

— Bravo, mes petits! fait Papa lapin. Vous avez été formidables. Vous formez une équipe du tonnerre.

— C'est bon d'avoir des amis! ajoute Fleuron. En cas de coup dur, on peut compter sur eux.

— Vous voilà revenus! s'écrie Maman du haut de son balcon. Comme je suis heureuse!

– Qu'y a-t-il donc de si
précieux dans ce sachet? demande
Fleuron en grignotant un gâteau sec.
– Des semences de carottes géantes d'Amérique!
lui explique Papa. J'irai les vendre au marché. Avec
cet argent, j'achèterai une nouvelle barque.

N° d'impression : 12669393
© Editions HEMMA

ISBN : 2-8006-3358-1
Dépôt légal : 5.93/0058/1
Imprimé en Belgique